句集

櫂をこそ

すずき巴里

本阿弥書店

句集　櫂をこそ＊目次

装幀　小川邦恵

句集　櫂をこそ

すずき巴里

第一章　優駿

五十句

鎌倉の辻子匂ひたつ花暦

海凪いで婚姻色の初日の出

初弓の光を弾く的の音

七種や牧野図鑑のごと並べ

初釜の正客の座を仕る

吾子らそれぞれ妻子香らす御慶かな

屠蘇杯に注ぐ家訓のいくばくも

けん玉の真っ赤をぽんと春着の子

ひらがなの手紙をもらふ春をもらふ

春浅きこと風に聴き草に聴き

泡雪は天《そら》のあふるる思ひなる

春宵一刻龍太の月の出でしかな

老人のもう来ぬ春の畑かな

乳匂ふ母子の眠るさくら時

きらきらの小川をぴよんと跳べば春

桜餅ほのと匂へる委員会

食育の一つ五月の朝の風

憲法記念日を園児に問はれたる

越南紀行　八句

ビリジアンブルー五月のベトナム機

白靴やご朱印船の街に立つ

スコールの叩きつたるメコン河

国の名に戦争の付く大夕焼

越南の幼女と通ひ合ひ涼し

砲台の上の少年こそ酷暑

旅果てのホテル・サイゴン夏の月

もう誰も戦はぬ国蓮の花

夏空や海蝕崖を墓標とし
優駿の遺影しづかに冷房す

青りんご良き歯を揃へ変声期

兄に「信」姉の名に「和」や終戦日

藁半紙毀れはじめし敗戦日

竜胆の一輪少年鑑別所

百花園ひよどり日和風日和

運動会総練習の大太鼓

鈴虫や茨城弁で育てらる

郵便夫秋の言葉を配達す

父と子の背番号縫ふ秋日和

刑務所の徽章確認ひやひやと

灯の見えて霧の峠のフォグランプ

黄落のうしろ姿の霞が関

九条のチラシを貰ふ三島の忌

日本記者クラブ十二月の扉

美しきもの買ひに出る十二月
一歩づつ冬の木立のこゑ聴きに

吹き晴れて白鳥のこゑにはかなる

冬薔薇待つといふこと一心に

茶の花や佳き日のための躾糸

教室のつま先立ちや雪の窓

子狐の声か手袋編みをれば

凍て星の数を尽してしづかな木

第二章　マララの星

五十句

清らなり地球も歌ふ初泉

正月を終へきし園児たち迎ふ

子の干支の牛を一頭飾餅

門松や犬につぎつぎおめでたう

お向かひの青年と賀詞交しけり

初髪のややの乱れも華やぎに

通販の蟹缶小林多喜二の忌

春の雪私設文庫に赤い傘

春昼の園児ひとりにかかりきり
保育士の胸にきらりと東風の笛

園児らの囲みし春のピアノかな

大好きと小さく言ひて卒園す

卒園やしづかに畳む紺袴

春の星大きくマララ・ユスフザイ

遠足のリュック預かるのつぽの木

彼の犬と撮りし桜の木でありぬ

桃の日の陽の丸く抱く授乳室
消毒の匂ひかすかに春時雨

少女対少年チームつばめ来る

真つ直ぐが好きな測量技師に東風

鍵盤の深さに春のゆく日なり

貝殻の洲よりジュラ紀の南風

海光の綺羅の寄せくるはしり枇杷
杣道に枇杷のしづくを滴らす

涼しさの記紀の風吹く寝釈迦山

筋肉良く動かしプール洗ひをり

登山地図広げし人を取り囲む

滝音も青春も入れニコンかな

シャワーきらきら今日を祭の如く了ふ

弟の欲し夏野原走りたし

川隔て本家分家や栗の花

茂吉母郷山滴ると申すべし

花柘榴茂吉に恋の在りたれば

朗朗と訛る茂吉の歌爽やぐ

大盛の栗ご飯なり少年院

女子房に秋陽さし込む縫ぐるみ

名峰の化粧ふを映す霞ヶ浦

餞を死者へと秋の大夕焼

窓一つ二つと消えし無月かな

名園の役者ぶりなる松手入れ

横笛よ箏よ野菊の雪崩れ咲き

夜ごと解く月の纜舫ひ舟

秋灯の座しゐる椅子や面会室

独房に一つの陶器冷まじき

運動会終りし夜の家族風呂

薄木昭夫先生米寿祝　米沢可祝屋にて

師の座してみな座し月の美しき

星月夜一刀彫の鷹匂ふ

筑波山ほがらほがらと十一月

ぽつくり下駄日和となりぬ七五三

毛糸編む母住む星の色を編む

第三章　魚は裸

五十句

箏の音の流れ始めし朝賀かな

白鳥の永久の白なれ宮の濠

夫の手を借りる春着の割烹着

朧夜の人の容として立てり

階の一段ごとの梅日和

手毬麩の吸物椀も梅まつり

紅梅の告白の香と覚えたり

三人官女一人は忘れ物をして

いがぐり坊主雛の刀を欲しがりぬ

一年生十六名に桜咲く

春日焼けして三振の子と帰る

抱き上げて仁王を見せる春祭

春昼の土管トンネルほうと鳴る

弓道のはつしと桜吹雪かな

異国語の歌舞伎Tシャツ囀れり
白魚のぴちぴちを跳ねぴちと跳ね

江ノ電の時々通る白魚干し

春眠のイースト菌を目覚めさす

エイプリルフールに彼を選びたる

涅槃西風鬼籍の扉開け閉てす

葉桜やきれいに並ぶ園児椅子

鉄棒の高さ低さや花は葉に

水切り石みなランダムに飛ばし夏

葉桜や城主馬上に矢をつがへ

草笛や艇庫の湖の暮れゆける

菖蒲鉢巻兄妹のすつぽんぽん

少年を見送りて立つ夕薄暑

百日紅の家です玄関二つです

水打って保護司の家の石畳

星の夜金魚は鮒に還りつつ

水槽の華やぎ魚はみな裸

落蟬を風が迎へに来てをりぬ

権禰宜の篠笛に虹かかりたる

森一つ憑代として茅の輪立つ

あをあをと夏越の祓済みにけり

翠蔭や俳聖立てば曾良もまた

駒彫りの木の香を回し扇風機

涼風や年輪美しき将棋盤

嶺々青し水車そば屋の水旨し

大汗に王手の掛かる吟行会

仏壇に外つ国の石終戦日

中根千恵子さんとお別れ

千恵ちゃんのゐない句座なり萩の窓

文机に子規の体温雁渡る

子規庵を開け放ちたる柿日和

硝子戸の開け閉てにのぼさんの秋

虚子も来よ漱石も来よ菊日和

夕月や控へて大き鼠骨の碑

萩は実に正岡律の学生証

夫は

さてと言ひ鬼平となる秋袷

寝息あること夜ごと月上ること

第四章　菜の花の上

五十句

五か国語の車内放送初電車

都心の灯二月の雪の高舞へる

菜の花の上菜の花の風渉る

人送り来て仰ぎたる夜の辛夷

熊谷ふみを編集長一周忌

雨冷えの桜に触るるふみをの忌

秀峰の桜の確と一周忌

丁寧に暮らし鶯良く鳴かせ
つばめつばめ右も左も文化財

鳥声の統ぶる青葉の切り通し

房総や伊八の波の飛んで夏

潮風や浜石菖を髪に挿し

海鳴りの遠きに応ふ宵風鈴

電球をひねれば灯り避暑畳

旧仮名の恋文の佳き避暑名残

雨安居や兄の温みの製図板

パリー祭藤田の額を正すかな

ハーブの名覚えて忘れ風涼し

井上ひさし文庫青田の風に乗り

茄子漬とひよつこりひようたん島談議

二十二万冊のささめき蟬しぐれ

川波の朝日に弾む簗場かな

合歓目覚むイザベラ・バードへ茂吉へと

黄菖蒲に一番星の遅れけり

山の日のペアのキャラバンシューズかな

走り穂のさゆらぎに陽の宿りたる
踊る輪の真中一心不乱なり

時折は人恋ふ調べ祭笛

蕉翁の一門として新松子

可惜夜の人待つ容月の舟

海風に山風に向き稲架襖

鮭釣りの海釣るやうに並びをり

秋うらら獣の糞も蝦夷の里

色変へぬ松鷹山の指呼の先
草の花敵に塩の國なれば

遺訓静かに深く新し新松子

錦繡の真中を通る太鼓橋

天領の里秋色の十重二十重

竹伐られ大竹籠に背負はるる

秋うらら古刹の纏ふ猿をがせ

日の色の柿となりゆく忌日かな

出羽に先師の句碑あれば

まほろばの神さぶの碑や雁渡る

縄文も石器も我が祖きのこ山

少年のその後は知らず雁の頃

白樫に粗樫に実の付きはじむ

秋日和実のならぬ木と実のなる木

鯱の逆立ち上手竜田姫

花時計眠りて山も眠るころ

檣頭の紫立つも冬初め

炎を上げしシェフの後ろの冬の海

氷湖いま星を預かる静けさに

第五章　颪の工房

五十句

星星に雲井のとばり姫始め

平和な国とみんなが書いてお書初

雪の夜絵本はこれで何冊目
吹雪くだけ吹雪かせ雪を眠らする

波脱ぎて砂脱ぎてより桜貝

春の小川流るよ鯨の子に会ひに

吉野　四句

余花残花吉野吉野と乗り継ぎて

花過ぎを遊ぶもまぎれなき吉野

光風を真直ぐに通し吉野杉

清和いざ蔵王権現岩群青

春昼の地下鉄パリへ行きさうな

朧の夜君は誰かと師に問はる

五月来る風は光をまとひつつ
メーデー歌昔語りに歌ひたる

初蟬に空ひらけゆく青さかな

ハンカチの花やみんなに風吹いて

貞雄師涼しハンカチの木の下で

江の島の風を土産の貝風鈴

熱帯魚よその子と読む「ぐりとぐら」

泳ぎ子の顔裏返り裏返り

信州　十句

辰雄忌の風の鍔広帽子かな

レース屋にレース溢れて軽井沢

小諸なる古城は緑なすままに
ひまはり畑百万本の発電中

水打って小諸丁子屋蕎麦処

野の花の涼しさをもて文士宿

林道は風の工房涼しかり

花の名を数へて霧に巻かれたる

山路いま霧が霧押す只中に

高原や霧の真中に鐘を据ゑ

江の島が見え秋風が見えてきし

ただ歩くことの秋思や靴の砂

アスリートめきし裸婦像天高し

俳聖に茶聖に適ふ牽牛花

長月や降りみ降らずみ木挽町

茶房素秋私雨をやりすごす

小鳥来て女学生来て太鼓橋

今朝雨の傘打つ音も冬初め

浅草 七句

小羽子板も三本締めに囃されて

羽子抱きて本通りめく裏通り

浅草のミハラシカフェの冬青空

万灯の夜空を焦がす三の酉

星空にかざして帰る大熊手

仲見世を静寂の通ふ冬の月

師走の市面白疲れして戻る
望郷や風花消えてまた湧きて

能村登四郎句碑

槍の碑に寒禽のこゑしきりなる

氷上の覇者とし四肢を鎮めたる

本伏せて眼養ふ雪しづり

吉良の忌の米沢からの電話かな

第六章　櫂をこそ

五十句

梯子乗り園児の声を遠巻きに
新しき帝の御座所かぎろひぬ

繭玉のさゆれも雨の賑はひに
待ち合はす時雨華やぐ日なりけり

くれなゐの瑞枝に雨や西行忌

吾が柩持たす子と見る春の星

枝先に羽毛のふはと抱卵期

春めきて庭に大きな鳥の糞

啓蟄や小雨の地下のブックカフェ

逝く犬に駘蕩の日を賜りぬ

雛飾る雛に庭先見ゆるやう

卒業証書翼の如く広げ見す

水きれい空きれいとてつばくらめ

東京のカラー路線図夏つばめ

横須賀米軍基地　四句

双眼鏡の中の平和や基地の夏

夏雲やイージス艦を子と眺め

潜水艦いま薫風を深呼吸

遊船や引揚船の日をはるか

眦の少し濡れゐて午睡の児

ザリガニや災害避難指定校

朝の虹ボトルシップの帆に及ぶ

風鈴を吊り山の朝夕の海

奥祖谷渓　四句

渓谷の浄土に遊ぶあめご釣り
青かづら奥祖谷渓のとどろなる

あめご焼く祖谷の漢の良かりける

翡翠の飛翔の時を待つ静寂

美しき名の美しき山々夏の霧

二上山や畝傍山や記紀の風涼し

麦飯の蘊蓄長し有難し

峰雲の彼方をディープインパクト

蛍を蛍がついと離れたる
ひかがみのひらりとプール蹴り少女

球場の四万五千夏惜しむ

祝・斉藤るりこさん初孫誕生　二句

白蚊帳のベビーベッドを遠覗き

産みし娘を帰す九月の明るさに
ピクルスの瓶の色々涼新た

本家より声のかかりし茸山

野菊の墓までを素秋の川渡る

健やかに手足老いゆく水の秋

キャッチアンドリリース蒲の絮飛んで

川隔て秋思を隔て釣の竿

櫂をこそもて月光に漕ぎ出でな

夜の更けて雪の盆地の星溜り

書籠りの夫に用意のインバネス

夜咄の紙燭のゆらぐ小間明かり

冬林檎赤し昭和の唄親し

猟犬も猟夫も共に老いけらし

猫たちと日向ぼこかな留守電話

サンタクロース鳥居おさむを出してみよ

白鳥湖空の色して水といふ

第七章　爆心地

六十二句

餅花を娶りし如く床柱
初場所の華と舞はせて小座布団

山河なほ劫初を奏づ初泉

寒梅開く上皇后に皇后に

あたたかく雪積むことも喪正月

削り花買うて安堵の里暮らし

冬眠の土寝返りを打ちたさう

雪解けて木の家に木の家の音

折り返す笹子巣籠る辺りより

巣箱かけ心配ごとを増やすかな

保育器の真上春星大いなる

のどやかや保育器を出てまた眠り

燕の巣ありますの自動ドアの上

プラタナス咲きて母校や神保町

梅雨寒や棺に納むる将棋駒

爺さまの名前大きく麦藁帽

派出所の撮影セットめく薄暑

僕らの夏私らの夏消えて夏

捕虫網空にさよならして帰る

お顔半分隠れレースのベビー帽

ニコライの坂を母子の白日傘
ラムネ玉からんと人を恋しがる

無言てふ暑さ渦なす爆心地

総帆展帆いま紺碧の南風

飛魚の背びれ胸びれ鋼なす

籐椅子の挟み将棋や爺指南

調律師帰つてゆきし雨蛙

散るための朝を迎へし薔薇の花

賜るの一つに死あり朝の虹

文《ふみ》香《こう》の香りさやかに喪の明くる

裏年の柿の木に雨静かなり

鳥獣戯画の鳥獣転ぶ秋暑かな

風の盆一途といふは指の先
白秋やポニーテールを旗手として

この国に四季あり秋の服を着る
重陽や神棲む山を身ほとりに

命あるものを食して秋彼岸

十三夜島の電話に波の音

山在りて川在りて良き芋煮会

船山東子さんとお別れ

その先の花野に行つてしまはれし

砂浜も魚付林も秋の風

寮歌ありポプラに空の高くあり

樹々親し秋風通ふ古書の街
とめどなく霧を生みつつ白樺

川の名の太郎次郎や厄日前

夫の母校予選通過

天高し箱根駅伝予選会

夜習ひや夜間飛行の最終便

落葉松の音無く降りて白秋忌

海坂を潮の香上る小夜時雨

雪予報ひとりの姉のゐる辺り

蜜柑剝きゆりかごのやう花のやう

時の疫の星を真下に白鳥座

ホット檸檬濃く透明になりたき日

スリッパの赤き小花も十二月

男等の卓袱台返し開戦日

松本楼聖樹しづかに佇まふ

日比谷公園暮の街騒遠くして
シェフ帽子ことさら高き十二月

聖しこの夜晴海通りの路上キス

バス停や降りますボタン押せば雪

枯木星星の迷子を預かり中

第九いま大き翼に年暮るる

句集『櫂をこそ』畢

あとがき

第一句集『パリ祭』を上梓してから十年が経ちました。

二十八年前、「ろんど」に入会、鳥居おさむ主宰、鳥居美智子両先生にご指導頂く幸せな学びの日々を過ごしました。

鳥居主宰ご逝去後、田中貞雄二代目主宰に師事、吟行を主とした創作も時代と共にある新しさ、詩的真実、更に深いこと、とする結社の目標も変わることなく学ばせて頂いてきました。

私事では三十五歳で設立した保育園を三十周年の折に息子夫婦に継承、順調な歩みにより創立四十周年を祝うことが出来ました。

また、保護司拝命十年の任期も無事に務めあげ安堵致しました。

第二句集を編むにあたり、三六二句を並べますと、これまでに送り出した多くの園児たちのこと、更生に寄り添った対象者のこと、俳句仲間のこと、そして家族たちのあれこれが懐かしく皆々、幸多きことを祈るばかりです。

八年前、思いがけずに「ろんど」三代目主宰を継承させて頂き、新しく俳句を学び始めた仲間たちへのエールから生まれた一句が、今までに出会い、送り出してきた人たち、そして自分自身に対してでもあることに気付き句集名を決めました。

本句集を纏めるにあたり、お骨折り頂いた斎藤るりこさん、本阿弥書店の黒部隆洋様ほか皆様、大変お世話になり有難うございました。

そして常に寄り添ってくれている夫と家族にも記して心からの感謝を伝えたいと思います。

令和四年　早春

すずき巴里

著者略歴

すずき巴里《ぱり》（本名　鈴木昌子）

1942年　中国南昌市生まれ　山形県米沢市出身
1994年　俳誌「ろんど」入会　鳥居おさむに師事
1997年　「ろんど」新人賞受賞
2000年　第十回山形県摩訶庵蒼山賞受賞
2002年　「ろんど」結社賞受賞
2004年　鳥居おさむ主宰逝去
　　　　二代目田中貞雄主宰に師事
2005年　朝日新聞マイタウン「花見川俳壇」選者
　　　　山形県立米沢東高等学校文芸部講師
2007年　第二回「角川全国俳句大賞」受賞
2012年　第一句集『パリ祭』（角川書店）上梓
2015年　「ろんど」第三代主宰を継承・現在主宰

公益社団法人俳人協会評議員
俳人協会千葉県支部幹事
千葉県俳句作家協会理事
俳人協会ジュニア俳句・子ども俳句教室委員
朝日カルチャー千葉教室講師
社会福祉法人「花見川さくら学園」理事
共立女子大学文芸学部卒業

住所　〒262-0042　千葉市花見川区花島町 432-10
電話・FAX　043-258-0111

平成・令和の100人叢書⑲

句集　櫂《かい》をこそ

2022年 3 月 3 日　発行

定　価：3080円（本体2800円）⑩

著　者　すずき巴里

発行者　奥田　洋子

発行所　本阿弥《ほんあみ》書店

東京都千代田区神田猿楽町2-1-8　三恵ビル　〒101-0064
電話　03(3294)7068(代)　　振替　00100-5-164430

印刷・製本　三和印刷(株)

ISBN 978-4-7768-1587-7 (3303)　Printed in Japan